CW01021962

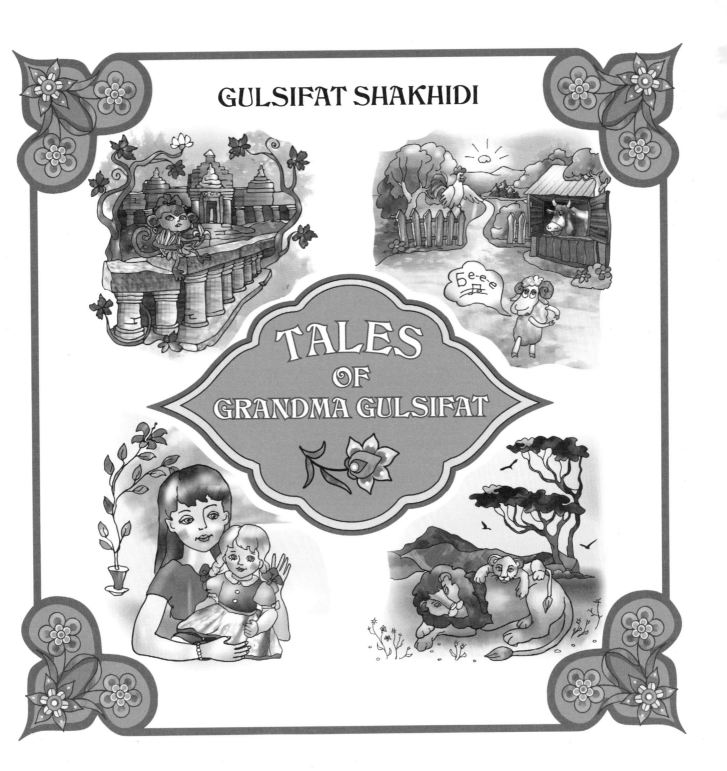

HERTFORDSHIRE PRESS

Published in United Kingdom
Hertfordshire Press Ltd © 2018
e-mail: publisher@hertfordshirepress.com
www.hertfordshirepress.com

TALES OF GRANDMA GULSIFAT
by Gulsifat Shakhidi ©

English - Russian

Everyone loves fairy tales, both adults and children, and in this book each person will find something both attractive and instructive. In this volume, the heroes of these fairy tales: a wounded dove which refuses to surrender, a tricky monkey called Cutie, an old-time doll named Alyonushka, a naive lamb, a young wolf which does not want to grow bloodthirsty, and other animals will tell their stories to you, my friends and readers.

Literary editor: Vera Deinichenko
Artist: Tatiana Balashova
Translation from Russian: Tatyana Kinzhalova
English Language Editor: Stephen M. Bland
Technical Editor: Aleksandra Vlasova

ISBN: 978-1-910886-90-8

Contents

Foreword from the Editor

In her expertly-crafted book of fairy tales, Gulsifat Shahidi manages to excite the imaginations of children, whilst evoking a warm, yet melancholy sense of nostalgia in older readers. Funny and engaging, filled with both hope and sorrow, her stories are also instructive, extrapolating on wider themes which affect us all.

Life lessons – both simple and more complex - reverberate throughout this volume, narrated by the animals which populate Shahidi's world. In the story, A Smart Monkey, we learn that no good can come from greed, whilst A Kind Young Wolf speaks to us about the virtues of compassion and empathy over the use of fear as a weapon.

Although these tales may be written with children in mind, they do not fail to address larger issues. The heart-breaking tale, The Little She-Elephant, for example, is set against the backdrop of Tajikistan's Civil War, whilst A Dove offers a timely reminder about the need to heal our planet, 'so wounded by wars and disease.' One only needs to look at the reader's comments which make up the final pages of this volume to see how deeply the author's words have touched people of all ages.

The recipient of awards for her work in promoting peace and conflict resolution, Gulsifat Shahidi's novel, The City Where Dreams Come True won first prize at the Open Eurasia International Literary Festival in 2015. The prolific author of over forty titles in her native Tajik and Russian, this collection represents the Shahidi's fourth book to be translated into English. It is my great hope that many more will follow.

Stephen M. Bland, award-winning author and journalist

Dedicated to my grandson, Gaffor Shakhidi

My dear and beloved little children!

The older a person becomes, the more often they reflect upon their childhood. For me, these years are characterised by the fairy tales told to me by my dear, wise grandmother, Marfoahon, whom I will remember fondly through all of my days.

My favourite *bibidzhon* – the Tajik word for "grandmother," was a great storyteller. She could narrate her stories over several evenings in a row, and those tales were serials. Every evening, we looked forward to bedtime as an opportunity to hear something new, or the continuation of a previous tale.

I am now a grandmother myself, a bibidzhon, and compose my own fairy tales. I tell them to my grandchildren before they go to bed. We often laugh together and invent new versions of my stories. My grandson, Gaffordjon, even requested that I write them down in a book. So, that is what I have done.

I've previously published each of these fairy tales on the website, Proza.ru and have been amazed by the impressions of readers, both children and adults alike. You can read some of the interesting reviews and comments at the end of this volume.

Yours,
Gulsifat Shakhidi

An Opera Cat

Let's get acquainted. I am not a simple tomcat, but an opera cat named Zakhariy. Now, I am an adult, fully grown and respectable, but I came to live in an opera house when I was still a little kitten. Oh, my love for music is so great! When I first arrived at that concert hall, I was immediately given shelter. They must have liked me personally, given that so many he-cats and she-cats wanted to live in that temple of art, but only I was allowed inside. So, this is how I joined the great world of the theatre and came to differ from my fellow felines.

I have been through many different experiences during my time in the theatre. I have been allowed to attend rehearsals, and a house was built in which I live. I playfully drove mice from the basement and that greatly pleased the conductor and the troupe. Sometimes I sang arias from the operas or music from ballet performances. Well, in my own way, of course, in a feline manner. The main costume mistress, Nadya, who fed me, told me with a smile after hearing my meowing:

'Dear cat, Zakhariy, there is a voice they call *bel canto,* but you are "bel catto;" you have your own inimitable style.'

I will explain to you what bel canto means. This phrase is translated from the Italian as 'beautiful singing.' This is the original technique of virtuosos performing at the opera.

I was glad that Nadengka liked how I meowed. On opening nights, all the artists from the opera and the ballet would stroke my fur.

'For good luck,' they would say, as I, raising my tail grandly, prowled around the stage.

But, as the saying goes, 'Every day is not a Sunday.' The theatre director grew old and took his well-earned retirement. A new director came, young and proud. For some reason, he did not like cats. On the very first day he arrived, he told me to remove my belongings along with my house and leave immediately. Fortunately, Nadya brought my house to her garden. In the mornings, we would go to the theatre together – me, carefully sneaking in - and in the evenings, I would stay at her place.

The entire troupe was happy that I came with Nadya; it was as if I worked there.

'Nadya, now Zakhariy is your personal bodyguard,' they joked.

'Only, you have to help hide him from the director's eyes,' Nadya answered cheerfully. 'I hope that with time our new boss will allow him to return, but until then…'

And, so it happened. It was the last rehearsal before the opening night of the grand opera "Mephistopheles." It was not clear at first why some scenery fell and the house curtain on the stage failed to part. Then, there was a stir in the orchestra pit. Mice scurried around and scared the musicians. Everyone explained to the director that without Zakhariy something could easily go wrong on the first night, but he just scolded them for their superstition.

On the opening night, there was not a single empty seat in the auditorium, and such terrible fate met this full house. When the performance was due to begin, the house drape did not move! It was then that Nadya led me onto the stage, and I, purring proudly, strode across the boards. The mice quickly scurried away. At that very moment, the curtain opened and the audience applauded me. Well, maybe it wasn't me they were applauding, but I bowed just in case.

The performance was a great success. The director relented and allowed me to move back into the theatre. Frankly, he never approaches me, but that doesn't bother me at all. I don't even really think about him. I have my own job to do!

Piglet's Red Snout

Once upon a time, there was a very big and kind mother sow whose name was Hoggie. We, the piglets, always gathered around our mother, quick and obedient. Only one among us, namely me, was different among the litter, as I had a very red snout, almost scarlet, in fact. All of my brothers and sisters had pink snouts, but I had a red one. When I was newly born, everyone was afraid to even look at my nose, but eventually, they got used to it. My mother called me "Red Snout." My brothers and sisters loved me for my cheerful and good-natured character. They always listened to my wise advice and were surprised by my resourcefulness and ingenuity. When they stoked up my temper up and I got angry, however, my nose started to heat up so much that I could even burn the offending party. In this way, I defended myself and protected my family and friends. Among our brood, I gradually became recognised as the leader.

For a long time, everything was fine with our family and we lived without any problems. When winter fell, though, troubling times arrived in the shape of a hungry wolf which appeared in the forest near our village. Every day, he attacked the neighbour's pets, and soon enough, our turn also came. My mother, Hoggie was very worried about each of her little children, but you can't keep an eye on everyone all of the time.

One night, I decided to stand guard and keep a lookout for that wicked wolf. Of course, I was afraid, but I was also curious as to why the beast was so insatiable. I prepared a whole bucket of our food to give to him. It was already past midnight and I'd almost dozed off when suddenly, I heard something breathing over me and smelt a deeply unpleasant odour.

'Well, I've caught you, silly little chap. Are you so brave that you decided to sleep in the open air next to your bowl of *botvinia*?' the Wolf asked in a chilling voice.

'No, it's for you to eat and not poke your nose into our yard anymore,' I answered without raising my head.

'The food in that basin isn't for me, except for as a side dish', the wolf scoffed sarcastically. 'I'll eat you as my main course; you are so young and tasty.'

I began to tremble with fear, but recollecting that I'd vowed to be courageous and protect the others, I raised my head. My nose was so hot in my rage that it became like a bright purple torch. The sty became lit all around from the glow from my snout, which was burning so that it almost singed the wolf. Upon seeing that I had such a nose, the wolf quickly decided that I was a monster, and howling, ran into the forest without looking back.

I couldn't believe my eyes. If that wolf was so big and terrible, how come he was so scared?

The whole village was surprised that the wolf hadn't taken any prey that night, but I knew the reason why and I smiled.

A week later, having decided to take his revenge upon me, the wolf appeared again. Thinking that I had a regular snout in the daytime, he grabbed my brother by the neck and ran into the trees. He did not eat him straight away, however, waiting for night to fall to find out whether he'd taken the right piglet.

Thinking hard, I hatched a plan to save my brother and shared it with my other brothers.

'Each of you take a beetroot and paint your snouts with several layers of its juice,' I instructed them.

'But why?' they asked.

'We must deceive and frighten the wolf,' I told them. 'He will think that all of us have noses that burn. Then he will forget about our village'.

No sooner said than done. It was funny for Mother to look at her piglets. Not know what had happened, she pointed at our snouts laughing and grunting loudly. She didn't know where her children were going or what danger they were about to face.

I requested my brothers to hurry up and take the beets with them. Not far from the edge of the forest, I saw the sly and satisfied wolf who was preparing for his meal with great relish.

My red snout aglow, I approached the wolf.

'How have you gotten here?' the wolf asked angrily. 'I have you locked in my den?'

'When my nose turns red, I become brave and strong,' I replied. 'I can free myself from any prison.'

Upon hearing where the wolf had hidden their brother, the other "red snouts" rescued him and began to appear one by one. What happened to the Wolf? The moment he went to catch one of the piglets, another called out to him from behind. As he ran after the second, a third appeared. The wolf ran this way and that for a long time, chasing along the edge of the forest, but everywhere he was called by piglets with scarlet snouts that shone like lanterns. Tired and barely breathing, the wolf fell on his back with his paws high in the air.

'I give up; I surrender!' he wheezed, begging for mercy.

'If you promise that you'll never come to our village again, we'll let you go,' I said.

'I promise that my paws will never touch the ground around here again,' the wolf howled.

'You'd better start eating beetroots instead of piglets,' we advised the wolf in a chorus, and threw the vegetables at him. He jumped away as if stung, and vanished without a trace.

Returning home, we sang a happy song:

Do you know who we are? We're the piglets.
We brave brothers are steal-hearted guys!
We are always a great force together,
We've no fear and the wolf's gone forever!

It is said that after that incident, the wolf became a vegetarian. He ate only what grew from the ground, and never touched a piglet again.

Dadysh

Once upon a time, there lived a noble lion named Dadesh. He had a very big family, called a 'pride' in lion language. He was known to be courageous and protected his family. He hunted successfully and fed his lionesses and lion cubs. Whenever he went hunting, he always took his elder sons with him in order for them to learn.

Everyone called him Dadesh, but when his youngest cub was born, he began to call him Dadysh. The Lion was very fond of his son, so, taking no offence, he allowed his son to continue calling him Dadysh.

The older cubs repeatedly attempted to teach the baby to pronounce his father's name properly, but they didn't succeed. The brothers laughed and scoffed, but the little lion cub justified himself.

'I like it this way,' he said gently. 'The name Dadysh implies power, and Dadesh sounds too soft.'

Soon enough, everyone was reconciled and no one bothered the baby about it anymore. In fact, some of the other young lions also began to pronounce their father's name in this way.

At night, the cub slept on his mighty father's back. His mother told him not to disturb his father because he got very tired after searching all day for food for his large family.

'But he gave me permission, mummy,' the small one replied affectionately. 'He likes it very much himself.'

Dadysh was so fond of his cub that he did not let his son stray too far away from him. From early childhood, he taught him all the necessary skills. He took the cub with him to hunt for prey with his older brothers, who were amazed as they had not been allowed to go hunting at such a tender age. Father requested that they protect the baby from any danger. Dadysh made his youngest son run against his brothers in a race, and although the cub grew very tired, he enjoyed such parental affection. More than anything, he wanted to grow up to be like his strong and noble father.

One day, in the heat of the hunt with his elder sons, Dadysh rushed off in pursuit of prey and forgot about the baby. A big buffalo saw the lonely young lion and charged in his direction. The cub ran away with all his might, the mighty buffalo right behind him. Upon seeing a big hollow tree stump, the cub jumped aside. Crashing into the tree trunk, the buffalo's horns and became stuck in the wood. Short of breath, Dadysh ran up to them. He was pleased with his kid's ingenuity, and there was no more need to hunt, as the prey had caught itself.

With what delight the whole family greeted their little hero!

Everyone in the pride grew to love the youngest cub, and although he grew up quickly, they all still called him "Baby." As the years passed, he became like his father in every way. His brothers began to envy him, for as Dadysh grew older it would one day be necessary to pass the mantle of leadership to one of his sons, the strongest one. With this in mind, Dadysh announced that there would be a competition: the older brothers would fight for the right to be Pride Master, and then only the winner would compete with "Baby." Dadysh' eyes shone with pride as he looked upon his youngest son, who was not only strong and brave but also noble.

When the time for the final battle came, the forces were unequal. Using his ingenuity, though, "Baby" exhausted his opponent, who began to lose his strength. At this moment, the kid struck him with a crushing blow.

The entire pride rejoiced at the victory of the youngest son, who was no longer a baby, but a real lion.

'Today, I must leave the pride', Dadysh suddenly said in a stern voice. 'These are our laws: to give way to young and brave lions. I am gladdened that the best, the kindest, bravest, most sensible and noble lion will take my place. From this day forward, I give him my name. Now, everyone will call him Dadysh.'

As the weary old lion left, young Dadysh watched him for a long time.

'Farewell, my beloved Dadysh; thank you for your name. I will continue your work,' his son, the new Master of the Pride whispered. He could not tear his eyes away from the tired, proud steps of his father.

The Silly Lamb

We lived amicably in one corral of a village house. We were all together: cows, goats, calves, a bull-calf, a horse, a donkey, several sheep, ducks, pullets and cockerels. Me, a lamb, I was one of them. I don't know why, but everyone called me "Silly Lamb."

We spent all of our days and nights together. We went to the watering place and chewed on the grass in a meadow near the house, but I always managed to get into some sort of adventure. One day, I decided to get up early in the morning and sing like a cockerel, but instead, I began to bleat and woke everyone up. Another time, I decided to lock horns with a goat; after all, I had horns too, albeit they were small. He put up with my attacks for a long time before he became angry, and pointing his big sharp horns towards me, rushed after me, so that I barely escaped. On another occasion, I decided to go for a swim with the dogs and almost drowned.

There was another incident in which our donkey began to hiccup and couldn't stop. He drank water and chewed grass, but nothing worked.

'How can I help?' I asked.

'It will stop, hic, soon, hic, it will stop', the donkey answered.

'Donkey, in your hurry to eat have you swallowed a thorn without first chewing it?' one of the cows asked cheerily.

'No, he's fallen in love with a neighbour's young she-donkey, but the proud jenny won't even look at him,' the cockerel crowd. 'That's why he's hiccupping!'

'She too has probably has fallen in love with our donkey! She thinks about him all the time,' the bull-calf mocked.

'Yes, I also heard our mistress say something,' the doe added, 'about how difficult it was to forget a hiccupping donkey.'

Everyone roared with laughter, donkey the loudest of all. He laughed so hard, in fact, that his hiccupping stopped.

I was the only one who didn't laugh. I couldn't understand a word that was being said.

At night, when everyone else had fallen asleep, I thought for a long time about why everyone had laughed at the donkey and how come he hadn't taken offence. When I finally understood, I began laughing so loudly that I woke everyone up.

All of my friends looked at me in surprise, but I couldn't stop laughing.

'Did you see something funny in your dreams?' the donkey asked, half-asleep.

'You've woken everybody up again! What's wrong with you?' a pullet cackled in displeasure.

'It has only just dawned on him why we were laughing at the donkey during the daytime,' one of the cows groaned.

'Now do you understand why we call you "Silly Lamb," dear?' a goats asked drolly between yawning. 'Everything goes over your head. You understand things as slowly as a really dumb giraffe!'

I apologised, lay back down and the room became quiet once more. I thought about what the goat had said about everything going over my head. As I tried to fall asleep I started to wonder, what is a giraffe anyway? As a result, I did not fall asleep until morning.

The Little She-Elephant
A Sad Fairy Tale

I am an elephant calf named Ratha. Did you know that young elephants are called calves? Until recently I was a baby, but now I have grown up to be a beautiful young elephant. It may surprise you to learn that elephants can understand humans, though you do not always understand us. You have girls and boys, and we have baby he-elephants and she-elephants called calves. You have young ladies and gentlemen, and we have young he-elephants and she-elephants. You have women and we have lady elephants, well, elephant cows is the term to be precise.

My relatives told me that a handsome fellow called Raj was waiting for me in the zoo of the capital of one of the Central Asian states. He was bored and lonesome for lack of company, they said. His spirits were low in this strange land. All the she-elephants buzzed in my ears, saying that not everyone would be so lucky to catch such a handsome mate. In response, my mother said that he should count himself lucky to even catch a glimpse of her beautiful daughter.

They prepared me for the trip and wrote on all the documents that I was an elephant cow. I was a bit offended, but how could I explain that I was still very young for that title? Aunt Samira took care of me on the way. She understood that I didn't want to be called an elephant cow. She began to call me by my name, 'Ratha,' and asked that others do likewise. I was truly grateful to her.

We drove for a long time before we arrived in a beautiful city called Dushanbe, where I was greeted like a Hollywood star! There was so much joy that it is impossible to articulate. The whole city came to greet me, the children hardly able to contain their excitement.

My first encounter with Raj was unforgettable. It seemed like we had known each other for years. He was eagerly waiting to meet me, and when I arrived he played with me like we were children. First, he showered me with water and then he presented with fresh flowers and delicious fruit. As celebrities, we had to be visible all day long; the people at the zoo didn't want to leave. Shortly, Aunt Samira had to return to her native India. I was sad to say goodbye to her. She had been so attentive and kind.

So, our life in the zoo began. Often, a boy with a short forelock by the name of Alisher came to visit us. He always brought us goodies: bread, biscuits and a lot of different fruits. I was delighted that he never forgot to bring my favourite, bananas. At home, in India, this food was commonplace, but here it was a real treat! Every day, we pleased the kids with our games. A lot of people always gathered near our night house and open-air enclosure. Life seemed like a fairy tale to me.

Two years passed and I became pregnant. Something had happened in the city, however, so some days we were brought food whilst on others, none appeared. Our supply of water was also running very low. Once a day, Alisher appeared with a wheelbarrow full of the last of the autumn greens, dry bread and large water bottles.

He looked at us anxiously with big sad eyes. I tried to smile as he stroked our trunks. My Raj was older than me and understood a lot. For some reason, he gave me all the food and only drank some water. I objected, but he explained that this was for our baby who was soon to be born, and so I obeyed.

'What's happened, Raj? Why is it so quiet? Why no one comes to the zoo anymore?' I asked him.

'Dear Ratha, I myself cannot understand it, but something serious must have happened. Certainly, people are not in the mood for encounters with animals. I think everything will work out and settle down in the end, though. Don't worry, dear, we'll just have to wait.'

'When you're around, I'm not afraid of anything, my noble Raj,' I assured him.

With every passing day, though, my confidence drained. Soon, we began to hear dull and unusual thudding sounds. Once a day, a staff member visited us and gave us water and some food before quickly disappearing. For a while we were without our good friend Alisher. When he finally appeared, he looked at us and offered up an apology. He spoke of turbulent times and asked us to patiently wait out this difficult period. We nodded to him. He collected up the yellow autumn leaves, tore up the last of the grass, broke some branches and threw everything at our feet. Connecting the hose to a nearby tap, he began filling our trough.

'I don't know when I can come to you again, my beloved Raj and Ratha. It is very dangerous in the city. But you hold on; I will definitely come,' he explained.

Though he thought that we didn't understand him, of course, we understood everything. Without even touching the food, Raj made me eat and only drank some water. Soon, I gave birth to our beautiful baby. My noble Raj helped me wash our child and I laid down next to our baby and fell asleep.

When I awoke the next morning, our friend Alisher was standing next to me in floods of tears.

'What happened?' I asked my friend.

'These are tears of joy,' he said. 'We have a baby elephant just as handsome as Raj! Let's name him after his father. Do you agree, Ratha?'

'Of course, my friend,' I agreed, nodding my trunk. 'But where is my beloved and kind Raj Senior?'

Alisher looked away as he told me softly that Raj was to be transported to another zoo. He told me that Raj had wanted to say goodbye, but he didn't want to wake me. Then I saw a big truck KAMAZ taking my lover away. It was impossible not to notice it. Raj had done everything in his power to keep me and our baby alive.

Why do people have wars? Everyone suffers from them, I thought. Both humans and animals suffer, even those as big as us elephants.

Many years passed and my Raj Junior grew up to be a strong boy. Peace returned to the city and our friend Alisher finished his studies and started working at the zoo as a veterinarian. He visits us every day.

Raj Junior looks just like his father. He is as strong and as noble as him. I dream that in the future, people and animals will never know what war is.

A Smart Monkey

In one special village in fabulous India, monkeys were worshipped as people considered them to be sacred animals. Over time, their troops flooded the entire hamlet. The staple food of the village inhabitants was bananas, and blessed be there were many of them growing all around. As time passed, though, there was no longer enough food for both the monkeys and the people. The villagers distributed everything equally, but many hungry monkey families left for other places.

In our family, everyone called me a smart monkey and said that I was exceedingly bright. We lived in a temple, and my parents didn't want to leave this sacred place. So, my mom found a way to feed her children. She woke our father before dawn and he stood guard whilst she collected bananas. At this hour, before the sun had arisen, the rest of the villagers were all asleep.

I was the youngest in the family. Everyone loved me and always shared our favourite delicacy with me, but still, my appetite wasn't sated. Mother would wrap the bananas in paper and hide them from us so we didn't eat everything at once, but I knew where her secret hiding place was. People spoilt me and I wasn't used to being on rations, so little by little, I began to steal bananas from the hiding place.

'I just don't understand where the bananas go to,' Mother said, scratching her head in confusion. 'Every time I look there are less and less.'

I didn't confess. I kept silent, though I knew that I was acting like a thief.

'Cutie, you're always running around, is it you that's taking them?' Mom enquired the next time she noticed some missing.

I was embarrassed. I lowered my eyes and didn't answer.

'Now, it's difficult for all of us, Cutie,' she said. 'Food reserves are diminishing. Our friends and relatives have already left for other places, but we can't leave this sacred temple. We have to endure through this difficult period in our lives. I truly believe that everything will be fine soon,' she reassured me.

Soon enough, my brothers and sisters noticed me munching away in a secluded corner and told our mother about it. Mom didn't scold me; she just looked at me with displeasure and disappointment, which was worse. I suspected, however, that some "surprise" was waiting for me.

And so it came to pass that my brothers and sisters decided to teach me a lesson. Once again, I found the bananas my mother had concealed and I couldn't resist the temptation; I wanted to eat them so much! The moment I bit off a small piece, though, tears burst from my eyes. Instead of bananas, the yellow pods wrapped in the paper were hot peppers! It was just as well that I had wanted to savour my treat and had only bit off a little bit. I jumped around sneezing and spitting out the pepper. Mom came up beside me, stroking my fur and handing me a cup of water.

'Oh, Cutie, my smart little monkey,' she said; 'greed is a very bad character trait. Nothing but trouble can come of it.'

'I understand, Mom,' I replied. 'This will prove to be a good lesson for me.'

Since that day I have matured and realised that you must always share with your friends and relatives, even if you're the youngest in the family.

Alyonushka the Doll

I'm a doll who was made in the last century. I was named Alyonushka by my first mistress. My keepers were always careful with me and very fond of me, so I stayed well-groomed with bright red ribbons in my plaited hair. What fabulous dresses I had! All of my mistresses sewed them with their own hands. I would dream of them when my blue eyes closed and I went to bed.

Now, a girl called Tanechka plays with me. Tanya's grandmother presented her daughter with me when she was little. When she grew up, she gave birth to her own daughter, my new best friend. Now, I have a whole house: a cot, a wardrobe full of beautiful clothes and a chest of drawers filled with pyjamas and linen.

These are different times, of course, and a lot of new toys have appeared. All of the girls especially like Barbie dolls. Well, how can you not admire her? She's so bright, shiny and fashionable, just a Hollywood star! Barbie lives in a house with three floors all to herself. Since parents have started buying these dolls for their girls, they seem to be competing amongst themselves as to who has the most and which is better.

For her birthday, friends and relatives gifted Tanya many different Barbie dolls. How colourful all of them are! But I looked at them and thought: they are all like grown-ups. It's not the girls that play with them, but the dolls that amuse themselves with their hostesses.

I was sad, but I knew that I was unique. All of Tanya's friends envied her because they'd never seen such a doll as me anywhere.

'Tanechka,' her friend Katya suggested, 'I'll give you ten different Barbie dolls with all their dresses and little houses if you'll give me your Alyonushka.'

Tanechka thought for a moment and then she asked:

'If you give me ten Barbie dolls for my Alyonushka, would you not begrudge giving away so many?'

'Aren't you bored of playing with the same doll for so many years?' Katya answered her friend's question with a question.

I waited with bated breath for Tanya's response.

'My grandmother played with my Alyonushka, and so did my mother too. Alyonushka never bored anyone. I'll think about it, though. Come tomorrow and I'll give you my answer,' my hostess replied.

I was very upset. I was afraid that Tanya would give me to Katya, and I was so comfortable in my house.

When Tanya tired of playing with her Barbie dolls, she picked me up. She looked at my face and smiled, then changed me into my pyjamas and placed me in my crib. I did not close my eyes, though. Gently, she tried to push down my eyelids, but I would not close them. Most likely, Tanechka realised that I was very sad.

'Dear Alyonushka,' she said, 'are you offended? I love you very much, you know, and I'll not give you to anyone. My grandmother says that an old friend is better than the new two friends. I have ten Barbie dolls already, and Katengka offered ten more in exchange for you. They are numerous, but you are one of a kind!'

I immediately closed my eyes and Tanya kissed me. If I could speak, I would have thanked her wholeheartedly, saying: 'My dear Tanechka, how you have soothed my feelings.'

The next morning, Katya arrived bright and early. I was not very happy about it, to be honest. She requested that Tanya give me to her to play with at least for one day. Tanechka took pity on her friend, but replied:

'I really love my Alyonushka and I can't part with her, not even for one day, but we can play in my room together.'

Katya set all of her dolls aside and began to play with me. When she took me in her hands, I refused to open my eyes, though in Tanya's hands I blinked brightly. My mistress understood immediately and whispered to me:

'Alyonushka, that's not the way to behave. Katya has just come just to play with you. I won't let her take you away.'

I obeyed Tanya, and the two friends played with me for a long time before Katya had to return home.

'Tanya,' she sighed before she departed, 'you have a good doll in Alyonushka. She loves you and wouldn't swap you for anyone. I understood this when she didn't want to open her eyes for me.'

I was so happy to stay with Tanya. We played with all of Barbie dolls together and I made friends with them, but I often got confused as all of them had the same face.

It's so good when you have a reliable and loyal friend that will never leave you.

A Kind Young Wolf

Once upon a time, there was a wolf who was the leader of his pack. He was strong, merciless and bloodthirsty. Not only other species, but all of his brethren and even members of his family were afraid of him. They all obeyed the leader's orders without question, tolerating him as long as they remained unharmed. Throughout the forest and the nearby villages, all lived in fear of this wolf.

According to the stories my mother would tell, my father had long been frustrated that he had no son. For this reason, I was deeply beloved from the moment I was born. My mother and my sisters took care of me and cherished me. My father was proud and held his head high because now he had a future leader, an heir. So it was that he started calling me by the nickname, "Leader."

My sister-wolves and my loving mother treated me tenderly and I grew up to be kind, gentle and sympathetic. All the animals loved me. Even the birds couldn't wait for me to become the leader. My demeanour, however, failed to meet my father's expectations. So, wishing to instil a cruel and ruthless streak in me, he decided to take care of my upbringing himself. He taught me to run extremely fast, to skillfully avoid obstacles and not to be afraid of anything. I became very strong, but I couldn't change my compassionate attitude towards others.

'Sonny,' my father told me repeatedly, 'you're my only one. It's only to you to you that I can trust the future of the pack. But, you must be bloodthirsty to take on this role.'

'Father, should a leader not be kind and just?' I objected.

My father got very angry when I said that. He fell into despair and demanded that I perform special tasks. He ordered me, for example, to catch a hare and bring it to him. I "accidentally" let it slip from my grasp and the hare skipped away happily into the forest. Then, Father arranged for me to fight another wolf. I won the contest, but gave my brother the opportunity to escape.

One day my father said to me:

'Today, you will guard the path leading to the edge of the forest. Giraffe will go with you. He will serve as a gate arm.'

A gate arm, dear children, is a lifting bar for opening and closing the way.

I thought it was cruel!

'You'll stop everyone who tries to use the path and demand payment for their passage, do you understand?' my father continued sternly.

'But won't it be painful for Giraffe to bend constantly,' I blurted in horror at his scheme.

'If by you don't collect enough bounty by this evening,' my father growled, 'Giraffe will work as a barrier tomorrow too!'

I didn't say anything. Giraffe and I agreed that we would explain to all our friends why we were standing guard and let the beasts decide for themselves whether to pay us or not. All of our friends helped us. Not once did Giraffe bend his neck, but still we collected a great bounty! Bunnies brought carrots, squirrels fetched nuts and giraffes gave us coconuts. Monkeys brought bananas and the bears gathered honey. Only when my father came did Giraffe bend his neck.

'Why are you blocking my passage, Giraffe?' he snarled.

'It's the task I've been given,' Giraffe explained. 'I serve as a barrier and I don't distinguish between those who want to use this path. Today, all are equal. The law is the law.'

'And what if I eat you?' my father roared.

'Father, please don't shout. He doesn't understand a word. He's just a barrier today,' I answered for Giraffe. 'In any case, he's right. Without exception, all have to give something in order to pass. Look how much we've collected already.'

'I don't owe anything to anyone!' my father barked. 'Besides, what you've collected is just a dessert. I'll bring a lamb to you.'

'No no no!' all of my friends cried. So Giraffe straightened his neck and allowed the leader of the pack to pass.

Somehow, the years caught up with my father all at once and he grew old. He wandered in a melancholy mood. All of the wolves wanted to occupy his post. I felt sorry for my father, but still, I didn't want to be angry and cruel like him.

A month later, he announced to the pack that I would be the leader from that moment forth and that everyone must obey me without question.

'Henceforth, there will be no pack,' I declared. 'Everyone will become a leader within his own family. This is my first command.'

My father could not stand such a turn of events and strolled off despondently into the forest. All the wolves went home to their families. The forest became peaceful. Its inhabitants no longer afraid of us wolves, some even came to me for advice now and then.

I've always understood that it's better to be kind than to keep everyone in fear.

A Dove

Once, I was just a humble pigeon, but I became a dove of peace. That's what my guardian angel, my beloved friend Irenushka calls me. The story of my life would have ended long ago in tragedy if not for her.

Early one morning, I was flying over the sea near the shore when I was tempted by a delicious smell. Some people had eaten something and left the remains on the shore, probably in order to help feed all creatures great and small.

I landed on the ground and began to peck at the crumbs. I was so busy with my meal, however, that I didn't think to look around. Suddenly, with a roar, a motorcycle hit me at high speed and tossed me into the air.

When I woke up, I realised that I couldn't fly away. In fact, I couldn't even move. Local cats and crows were nearby as I frantically attempted to flap my wings. I knew that it was futile, but I vowed to defend myself to my last breath.

Just when I thought all was lost, someone began to disperse all those predators around me and took me in their tender white hands. I thought it must be my pigeon God and closed my eyes. When I awoke, I found myself in an incomprehensible place.

I looked around. Everything was white. Two people were staring down at me affably, a man dressed all in white and my saviour. It turned out that I'd had an operation. A pin had been inserted into my broken wing. The doctor said that the wing would heal, but that I would not fly again.

Upon hearing his words, I started crying. Only a dove who has hovered in the sky can cry in such a manner. I recalled how people had watched me glide by and admired my rich snow-white feathers. I was not afraid of people. I sat on their shoulders and they fed me by hand. Children stroked my head and I saw their joy. And now where should I go to and what would become of me?

My guardian angel, a girl with waves of light hair which flowed down to her waist brought me to her house. For three days she fed me from a pipette as I lay there so weak. I remember the name of that device because sometimes she would implore me, saying: 'Come on, my dove of peace, one more drop from the pipette. You need your strength; you must live!'

Three days later, I stood on my own two feet. Slowly, I began to walk and take in my surroundings. Being accustomed to the freedom of the sky, I felt uncomfortable inside four walls. One of my wings felt heavier. When the doctor - that man in white - removed the pin from my wing, it was impossible to flap it. Thus, I became a member of my benefactress' family.

Irenushka introduced me to all the inhabitants of her beautiful home. Her partner was a nice, kind guy called Senya, who helped in everything and gently cooed with me. I was surprised to see a cat and a dog living together, but they ate, slept and walked everywhere together. Outside, any cat without an owner would have eaten me long ago. Every member of the household understood my condition and all were sympathetic. A large aquarium with beautiful fish attracted my attention most of all. The cat had made friends with the fish too. Every day, she jumped on the shelf where the aquarium stood, and purred as the beautiful fish floated by as if they were dancing.

Eventually, I grew stronger and my savior found me a job, teaching me to pose either on her shoulder, on her arm, or on the windowsill. My white tuft, red beak, big eyes and proud posture gave me the look of a confident pigeon. I looked as if I had soared high in the sky and then settled for just a minute on the windowsill. My Irenushka took a lot of photographs of me. I looked at the pictures with her, and together we were happy. She even framed one of the photos and hung it on the wall. As we looked at all the different pictures on her computer, she repeatedly told me that I was now the "Dove of Peace." She impressed that upon me, that although I had been wounded, I could still be confident and proud, that I could hover over the world and call upon people to act for good.

After all, our world is seriously ill, and people like my beloved hostess have a lot to do to save this planet so wounded by wars and disease.

'A fairy tale is a fantasy, but there is some hint of truth in it, a lesson for the children. (Russian saying)

SITE READERS' COMMENTS ON THE BOOK, *TALES OF GRANDMA GULSIFAT*

Ruslan Amirshoev, 12-years-old, Dushanbe, Tajikistan

Dear Aunt Gulsifat,

Some days ago, my mother showed me the website and told me that I could read your fairy tales there. At first, I could not quite understand why there might be fairy tales there, but my mother sat beside me and asked me to read out loud.

To be honest, I don't want to read books now, because I'm used to reading everything on the internet. My mummy grumbles, but it's the 21st century now, and you can already find and read everything online.

I began to read the tale *Dadysh*, about a family of lions. I liked it a lot. In general, I love animals very much. A cat, Kuzya lives in my flat and he looks like a tiger cub. When I read your fairy tale, I began to see everything in my imagination, as if I was watching a cartoon film in my head. I felt as if I knew the story.

Then I also read the fairy tales, *The Little She-Elephant*, *The Silly Lamb* and *A Smart Monkey*, and they were all like cartoons for me. I really wanted the film to continue!

These fairy tales are all so kind. I would suggest that we read them to our neighbour's boys, who sometimes torture cats and dogs in the yard. After reading your fairy tales, they would feel sorry for the animals and would begin loving them. Because you wrote the tales so kindly, sometimes I even felt like crying.

Auntie Gulsifat, thank you for such interesting fairy tales. I want to request you to write some more fairy tales concerning dogs because they are my favourite animal, and I myself was born in the Year of the Dog. We invite you to visit us in Dushanbe. Come and visit as soon as possible!

Zarema Sokokova, Moscow, Russia

I really enjoyed your fairy tale about the doll named Alyonushka, how it was passed from generation to generation, from grandmother's hands to her mother's hands, and now the granddaughter, Tanya plays with it. My girls play a game called "daughters and mothers." I remember my German doll. Its name was Natasha. (I liked this name.) Mom bought a doll for me and I played with it up to the 8th grade in school. It had beautiful shiny white hair. I loved to do its hair, sew and crochet clothes. My Natasha was as big as a real baby and wore a beautiful red knitted dress. I grew up, but the doll remained with me. From time to time, I bathed it, dressed in a clean dress, and Natasha's snow-

white hair still gleamed glossily. I started telling stories about my favourite doll to my daughter, Aidai. But my Aidai loved to play with Simba and Panda. For a long time, she always fell asleep with her beloved Panda.

The doll is still with us. Thank you for the fairy tale and for the memories!

Nazokat Kholova, Moscow, Russia

All your fairy tales, dear Gulsifat, awaken good feelings in people. The fairy tale, *Alyonushka the Doll* also leaves with one after reading it, a light kind of sadness; nostalgia for lost childhood. I think that all your female readers remember their first favourite doll, and I'm no exception. My first doll was called Martha. Thanks for the nice memories! My daughter, Tanya liked that fairy tale too.

Tanya Ulyanova, 13-years-old, Moscow, Russia

I really enjoyed your fairy tale, *Dadysh*! It was very good. Baby Dadysh is a very brave and kind lion. He would be a good and fair ruler of a pride.

The fairy tale, *A Dove* is the first of your wonderful tales that I read. It is my favourite because it is so touching. This fairy tale teaches us that you need to help animals, even if it is just an ordinary bird. I like pigeons very much. We have a tradition that when we go for a walk somewhere, we take millet and bread with us especially to feed the pigeons. I like to invent different names for them, for example, a little white

pigeon is *Snezhok* (Snowball) or Snezhana. I call the red ones Vasily or Arkady, and big black cheeky pigeons are called *Ugolyok* (Ember). What is most interesting is that each dove has its own character, but still they are all kind natured.

I think that the fairy tale, *A Smart Monkey* will serve as a lesson for many kids. I am the youngest in the family, but I am not at all like this monkey, because I always ask my mother for permission to take something. It is bad to be greedy!

Thank you, Auntie Gulya, for your fairy tales!

Natalia Melnikova, Journalist, Tula, Russia

The author has clearly set about her creative work with great endeavour. 'I thought it must be my pigeon God and closed my eyes.' It is so well written! Touching! What a dove, the simple creature of God, but how it trusts in the Lord! It should be taken as a model for all of us.

Tatyana Morozova, Raduzhny, Khanty-Mansiysk Autonomous Region, Russia

Thank you, Gulsifat! What a wonderful story *Alyonushka the Doll* is. I immediately recollected my own childhood, what favourite dolls I had, how much I liked them and how I sewed dresses for them. My dolls lived in a family: mom, dad and little ones. They had beautiful furniture. In the summer, they lived with me on my couch in the yard and in the winter they stayed under a bed in the room. Nice memories...

<u>About the fairy tale: *A Dove*</u>

What a beautiful and heartfelt fairy tale, so similar to reality. I read it and I felt like crying. Immediately, many images sprung into my mind... Thank you! Be healthy!

Dima Gribanov, 11-years-old, Suvorov, Tula region, Russia

I really liked the fairy tale, *An Opera Cat*. The cat named Zakhariy is very kind and good. And he has his own work in the theatre, which is also important and necessary.

Sasha Anistarov, 9-years-old, Feodosia, Russia

The fairy tale, *Alyonushka the Doll* is unusual and beautiful. Most of all, I liked that the doll was alive. And it was alive because it had passed from hand to hand from a grandmother to a granddaughter. It transferred the warmth from their hands, and therefore a soul appeared in it, unlike in new Barbie dolls. I think that every girl would like to have such a doll.

Alexandra Azarchenko, 10-years-old, Gatchina, Russia

A wonderful fairy tale. I read *A Dove* aloud to my Grandma Vera and she cried. Auntie Gulya, it is you who is the 'Dove of Peace.' Thank you!

The fairy tale called *A Smart Monkey* is also very interesting. Frankly, I recognised myself in the monkey a little bit. The fairy tale is rather instructive. We had a dog which

would steal food from the table in our country house, and so we sprinkled the table with hot pepper. After that, the dog did not come up to the table for a long time.

The tale, *An Opera Cat* is very funny and is now another one of my favourites. Honestly, "bel catto" is a real artist. I don't know why the director didn't like him.

The fairy tale, *The Little She-Elephant* is very sad and I felt great pity for the he-elephant, Raj. He died of starvation to save his wife and son.

Thank you, Aunt Gulya, for the story, *The Silly Lamb*. In my opinion, the lamb was not stupid at all, but simply too young to know better! How could it know what a giraffe is?

I liked the fairy tale called *Piglet's Red Snout* best of all. It was funny at the moment where Red Snout got angry, his nose warmed up and he nearly burnt the wolf. And the wolf, not understanding anything in his fright, ran away. I even laughed and was happy for Red Snout. The piglet was so clever to suggest that his brothers paint their snouts with beetroot juice, and the wolf got confused about who to chase. And the main thing: the wolf became a vegetarian!

Гульсифат Шахиди

СКАЗКИ
бабушки Гульсифат

Посвящаю своему внуку Гаффору Шахиди

Дорогие и любимые мои детки!

Чем старше становится человек, тем больше он вспоминает свои детские годы. Для меня это сказки моей милой и мудрой бабушки Марфоахон, которые я запомнила на всю жизнь.

Моя любимая бибиджон, а «бибиджон» — по-таджикски бабушка, была интересной рассказчицей. Она могла повествовать несколько вечеров подряд, и это были «многосерийные» сказки. Каждый вечер мы ждали с нетерпением время сна, чтобы услышать что-то новое или продолжение прежней.

Сама став бабушкой-бибиджон, я стала сочинять сказки и перед сном рассказывала их внукам. Мы вместе могли смеяться и придумывать новые варианты моих сказок. А внук Гаффорджон даже попросил меня записать их в книжку. Что я и сделала. Каждую сказку я выставляла на сайте Проза.ру и поражалась впечатлениям читателей – и детей, и взрослых. Самые интересные отзывы читайте в конце книжки.

Ваша Гульсифат Шахиди

Оперный Кот

Давайте познакомимся! Я не простой котяра, а оперный кот Захарий. Это теперь я уже такой взрослый и солидный, а пришёл жить в оперный театр ещё маленьким. Ох уж эта большая к музыке любовь! Меня сразу приютили. Наверное, понравился, ведь сколько котов и кошек хотели жить в этом храме искусств. А пустили только меня. Я сразу приобщился к великому миру театра и, конечно же, отличался от своих собратьев.

Всякое пришлось пережить за свою жизнь в главном театре. Мне разрешалось присутствовать на репетициях. И домик построили, в котором я жил. Резво гонял мышей из подвального помещения и этим радовал руководство театра. Иногда напевал арии из опер или музыку из балетных спектаклей. Ну, по-своему, конечно, по-кошачьи. Главная костюмерша Наденька, которая подкармливала меня, после моих мяуканий с улыбкой говорила:

— Милый кот Захарий, есть голос бельканто, а у тебя бель Котто – твой собственный тембр.

Объясню вам, ребятки, что такое бельканто. С итальянского языка слово переводится как «красивое пение» – это оригинальная техника виртуозного исполнения оперных партий.

Я радовался, что Наденьке нравилось, как я мурлычу. Перед премьерами все артисты, оперные и балетные, гладили меня по шёрстке и говорили: «На удачу!», и я, важно подняв хвост, проходил по сцене.

Но правду говорят: «Не всё коту Масленица»! Директор театра состарился и ушёл на заслуженный отдых. Пришёл новый – молодой и важный. Он почему-то не любил котов и в первый же день попросил убрать из театра мой домик вместе со мной. Но Наденька отнесла домик в свой сад. Утром мы вместе приходили в театр (правда, она делала это осторожно), а вечером я оставался у неё.

Все артисты и работники театра радовались, что я прихожу с Наденькой, как на работу, и шутили:

– Надежда! Теперь Захарий твой телохранитель!

– Только его самого надо прятать от глаз директора, ведь Захарий из моей комнаты не выходит и скучает по сцене. Я надеюсь, что со временем наш шеф сам захочет его возвращения, – весело отвечала Наденька.

Так и случилось. Перед премьерой оперы «Мефистофель» была последняя репетиция. Непонятно почему упала декорация, большой занавес на сцене не стал раздвигаться, а в оркестровой яме случился переполох – пробежала мышка и напугала музыкантов.

Все объясняли директору, что без Захария и на премьере может что-то случиться. Но тот лишь ругал их за суеверие.

В день премьеры в театре был аншлаг. Аншлаг, ребятки, это когда не остаётся ни одного пустого места в зрительном зале и на балконах театра. И вот случилось страшное! Надо спектакль начинать, а главный занавес не двигается!

Тогда Наденька повела меня на сцену и я мурлыча прошёлся по ней. Занавес открылся! Мне зааплодировали. Ну, может быть, и не мне, но я на всякий случай поклонился.

Спектакль прошёл с большим успехом. Директор смягчился и разрешил мне остаться в театре. Правда, никогда ко мне не подходил. А меня это и не волнует. Не хочу и думать о нём. У меня своя работа!

Красный Пятачок

Жила-была мама Хрюша, большая и очень добрая. Мы – поросята всегда бегали вокруг мамы, все такие разные, резвые, но послушные. Только один я отличался среди них – уж очень красный у меня был пятачок, прямо пурпурно-алый! У всех розовые, а у меня красный! Когда я только родился, все боялись даже смотреть на мой носик, но со временем привыкли. Мама Хрюша так и назвала меня – Красный Пятачок. Братья и сестрички любили меня за весёлый и добродушный характер, всегда прислушивались к моим не по годам мудрым советам и удивлялись находчивости и сообразительности. Но когда меня доводили и я злился, мой нос начинал нагреваться и я мог даже обжечь обидчика. Так я защищался сам и защищал своих близких и друзей. Нас братьев и сестёр-поросят было много, и постепенно я стал признанным лидером среди них.

Всё было хорошо, мы жили – не тужили. Но наступили тревожные времена. В эту зиму в лесу рядом с нашей деревней появился голодный Волк. Каждый день он нападал на соседских домашних животных. Пришла и наша очередь.

Моя мама Хрюша очень переживала за каждого из своих деток-поросят, но разве уследишь за всеми?

В эту ночь я решил быть начеку и посмотреть на этого злого Волка. Конечно же, я боялся. Но мне очень хотелось узнать, почему зверюга такой ненасытный? Приготовил целую бадью нашей еды, чтобы покормить его. Уже было за полночь и я почти задремал. Вдруг услышал над собой дыхание и очень неприятный запах.

— Ну что, поймался несмышлёныш? Такой храбрый, что даже спать решил на воздухе? И ещё таз ботвиньи поставил, чтобы всю ночь есть? — спросил страшным голосом Волк.

— Это для тебя, чтобы ты наелся и больше не совал свой нос к нам во двор, — не поднимая головы, ответил я.

— Еда в тазу не для меня, разве что на гарнир, — ехидно сказал Волк. — А съем я тебя, ты такой хорошенький и вкусненький!

От страха я начал дрожать, но вспомнил, что решился на этот отважный шаг, что-бы защитить других, и поднял голову. Мой нос от злости так нагрелся, что стал, как факел, пурпурным. Вокруг стало светлее от моего носа, я чуть не обжёг Волка. Он, видя перед собой такой нос, решил, что я чудовище, и взвыл, а потом кинулся бежать без оглядки в сторону леса.

Я не мог поверить своим глазам! Как это он, такой большой и грозный, испугался меня?

Вся деревня была удивлена, что сегодня ночью Волк не стал охотиться на домашних животных, а я-то всё знал и улыбался.

Через неделю Волк опять появился. Он решил отомстить мне. Подумав, что днём у меня пятачок обычный, он схватил моего братца с собой и побежал в лес, но сразу не съел его, а решил дождаться ночи, чтобы узнать, того ли поросёнка забрал.

А я — Красный Пятачок в это время думал о спасении братца и поделился своим планом с другими братьями:

— Вы все возьмёте свёклу и намажете её соком свои пятачки. Причём сделаете это несколько раз!

— А зачем? — спросили братья.

— Мы должны обмануть и напугать Волка. Он подумает, что у всех нас носы обжигают, и тогда забудет дорогу в деревню.

Сказано — сделано! Маме Хрюше было смешно смотреть на своих поросят. Она ещё не знала о случившемся, громко хрюкала и смеялась, показывая на наши пятачки. Не знала, куда собрались её детки.

Я просил своих братьев поспешить и взять с собой свёклу. Неподалёку от опушки леса я увидел довольного Волка, который неторопливо и со смаком готовился к тра-пезе. Тогда я со своим красным пятачком смело приблизился к Волку.

— Как ты оказался здесь, я же закрыл тебя в норе? — сердито спросил Волк.

— Когда у меня нос краснеет, я становлюсь смелым и сильным и могу освободить ся из любой норы, — ответил я.

Другие пятачки, услышав, где Волк спрятал их братца, вызволили его и все стали неподалёку появляться по одному то там, то сям. Что было с Волком! Только он хотел поймать одного из поросят-братьев, как сзади его окликал другой. Он бежал за вторым, как появлялся третий. Так Волк долго бегал по опушке леса и везде его окликали поросята с алыми пятачками, которые светились, как фонарики, то из-за куста, то из-за дерева, то на самой опушке.

Волк очень устал, еле дыша он упал на спину и поднял все лапы кверху.

— Сдаюсь, сдаюсь! — запросил он пощады.

— Если ты обещаешь, что больше никогда не придёшь в нашу деревню, мы тебя оставим в покое, — сказал я — Красный Пятачок.

— Обещаю, что никогда лап моих там не будет! — завыл Волк.

— Кушай лучше свёклу, — хором посоветовали ему мы и кинули овощи в Волка. Он как ужаленный отпрыгнул и след его простыл.

Братья-поросята возвращались домой с песней:

Знаете кто мы? — Мы поросята,
Смелые, отважные ребята!
Вместе мы всегда большая сила,
Что и страх, и Волка победила!

Говорят, после этого случая Волк стал вегетарианцем — ел всё, что растёт на земле, и больше не трогал поросят.

Дадыш

Жил-был благородный лев Дадеш. И была у него своя большая семья, по-львиному прайд. Слыл он отважным и оберегал свою семью. Удачно охотился и кормил львиц с львятами. А старших сыновей брал всегда с собой за добычей.

Все называли его Дадеш, но родился младшенький львёнок и стал называть его по-своему – Дадыш. Лев очень любил своего малыша-сыночка и не обижался. Разрешил ему называть себя Дадышом.

Старшие львята не раз хотели Малыша научить правильно произносить имя отца, но у них ничего не получалось. Братья и смеялись, и подзатыльники давали, но маленький львёнок только оправдывался:

Мне так хочется! Дадыш – это сила, а Дадеш – слишком мягко.
Вскоре все смирились, и никто уже не трогал Малыша. Некоторые тоже так стали называть отца.

Ночью Малыш спал на могучей отцовской спине. Мама просила его не мешать отцу, ведь он за день сильно уставал в поисках пищи для своей большой семьи.

– Дадыш мне разрешает, мама. Ему самому очень нравится! – ласково возражал Малыш.

Дадыш настолько привык к своему Малышу, что не отпускал сынка от себя ни на шаг. С раннего детства учил его необходимым навыкам и львиным повадкам. Он брал его с собой в походы за добычей вместе со старшими братьями, которые удивлялись желанию отца – им в таком возрасте не разрешалось ходить на охоту. Но отец просил их защищать Малыша, если они почуют опасность. Дадыш заставлял младшенького бегать с братьями наперегонки. И хотя львёнок очень уставал, ему нравилось такое родительское внимание. Он так хотел быть похожим на своего сильного и благородного отца!

Однажды охотился Дадыш со старшими сыновьями-львятами и, увлекшись погоней, забыл про Малыша. Большой буйвол, увидев одинокого львёнка, ринулся в его сторону. Малыш побежал что есть силы. Буйвол почти догнал его. Львёнок остановился, увидев большое дерево, и отпрыгнул в сторону. Буйвол по инерции врезался рогами в огромный ствол и застрял в нём. Тут подоспел запыхавшийся Дадыш. Он был рад сноровке своего Малыша – за добычей ходить не надо, сама попалась.

С каким восторгом семья встречала своего маленького героя!

В прайде все полюбили львёнка. И хотя он быстро подрастал, его всё равно все называли Малышом. Он становился во всём похожим на отца. Братья стали завидовать ему. Ведь Дадыш старел, и значит надо было уступить место хозяина одному из сыновей – самому сильному. Для этого Дадыш объявил состязания. По решению отца все старшие братья должны были бороться за право стать властелином прайда: сначала между собой и только выигравший мог состязаться с Малышом. Отец гордо смотрел на своего любимца, который был не только сильным и отважным, но и благородным. Пришло время сражения. Бой был нелёгким и силы неравные. Но и тут Малышу помогла сноровка. Он просто загнал соперника и тот стал выбиваться из сил. В это время Малыш и нанёс ему сокрушительный удар.

Весь прайд радовался победе уже не Малыша, а настоящего льва.
— Сегодня я должен уйти из прайда, — вдруг строго произнёс Дадыш. — Таковы наши законы — уступать место молодым и отважным львам. Я рад, что на моё место придёт самый лучший, добрый, отважный, благоразумный и благородный лев.

С этого дня я дарю ему своё имя. Теперь вы все будете называть его Дадыш.

Старый лев уходил, а молодой Дадыш долго смотрел ему вслед. — Прощай, мой любимый Дадыш, спасибо тебе за имя твоё. Я буду продолжать твоё дело, — сказал ему сын — новый хозяин прайда. Его глаза не могли оторваться от усталого, но горделиво ступающего прочь старого отца.

Глупенький Барашек

Мы жили дружно в одном загоне деревенского дома. Кого только не было среди нас: коровушки, козочки, телята. И ещё бычок, лошадка, ослик, несколько овец, уточки, курочки и петушки. Я – Барашек был среди них один. Не знаю почему, но меня все ласково называли Глупенький Барашек.

Все дни и ночи мы проводили вместе: ходили на водопой, щипали и жевали травку на лугу рядом с домом. Но я всегда попадал в какие-нибудь истории. То решил проснуться рано утром и запеть, как Петушок, но стал блеять и разбудил всех в округе. А то решил пободаться с Козликом – у меня ведь тоже были рожки, хоть и небольшие. Тот долго терпел, потом рассердился и, направив в мою сторону большие острые рога, помчался за мной так, что я еле убежал от него. Как-то решил поплавать с уточками и чуть не утонул.

А ещё был такой случай. Наш Ослик стал без остановки икать. И воду пил, и травку жевал, а икота не проходила.

— Как тебе помочь? – спросил я.

— Пройдёт, аъ, скоро, аъ, пройдёт, – ответил Ослик.

— Ослик, ты поторопился и не жуя проглотил колючку? – весело спросила Корова.

— Нет, это он в соседскую молодую Ослицу влюбился. А она на него и не смотрит, — сказал Петушок, — вот и икает!

— Она тоже, наверное, в нашего Ослика влюбилась! Думает о нём постоянно, да вспоминает, — поддержал весёлый разговор Бычок.

— Да, я тоже слышала, как хозяйка говорила: «Кто-то меня вспоминает, вот и икаю», — добавила Козочка.

Все дружно засмеялись. А Ослик громче всех. И вдруг от такого хохота у Ослика икота прошла.

Только я не смеялся. Ничего не мог понять.

Ночью, когда все заснули, я долго думал, почему все смеялись над Осликом, а он даже не обиделся. А потом понял и стал так громко смеяться, что всех перебудил.

Все друзья удивлённо смотрели на меня. А я не переставал смеяться.

— Может быть, ты увидел смешной сон? — спросонья спросил Ослик.

— Всех разбудил! Что с тобой случилось? — недовольно прокудахтала Курочка.

— Это до него только теперь дошло, почему мы смеялись днём над Осликом, — недовольно промычала Корова.

— Теперь ты понял, дорогой, из-за чего мы тебя называем Глупеньким Барашком? —зевая, проблеял Козлик. — До тебя всё доходит медленно, как до Жирафа.

Я извинился и лёг. Стало тихо. А я решил подумать, почему до меня доходит, как до Жирафа? И вообще, кто такой Жираф? Так до утра и не заснул.

Слонушка

Я слонушка Ратха. Только недавно была слоночкой и вот выросла в красивую слонушку. Да, да, не удивляйтесь! Вот мы вас, люди, понимаем, а вы нас не всегда.

У вас есть девочки и мальчики, и у нас есть слоночки и слоники! У вас есть девушки и ребята, и у нас есть слонушки и слонята. У вас есть женщины — у нас слонишки-леди, ну уж потом слонихи! А не так, как пишут в зоопарках: слон и слониха из Индии. Но всё по порядку.

Родичи сказали мне — слонушке, что ждёт меня в зоопарке столицы одной из центрально-азиатских государств сородич — красавец Радж. Скучает один. Тоскливо ему на чужбине. Все слонихи мне уши прожужжали, что такой красавец не каждой достаётся! А мама шутила, что и её красавица-доченька Ратха тоже ничем не уступает ему.

Меня готовили в путешествие и везде писали, что я слониха! Я обижалась, но как я могла объяснить, что ещё очень молода для этого звания. Ухаживала за мной в пути следования тётя Самира. Она-то и поняла, как мне не хочется называться слонихой. Она стала звать меня по имени Ратхой и других просила так делать. Я была ей благодарна.

Ехали мы долго. Прибыли в красивый город Душанбе. Меня встречали как голливудскую звезду! Столько было радости, что не передать! Весь город приехал посмотреть на меня, а детвора и вовсе не могла скрыть своё радушие.

Встреча с Раджем была незабываемой! Мы как будто бы знали друг друга много лет. Он меня ждал, играл со мной, как с ребёнком. Обливал водой, дарил свежие вкусные цветы. Весь день нам пришлось быть на виду. Народ в зоопарке не хотел уходить. Самире надо было возвращаться в родную Индию. И мне было грустно прощаться с ней. Какая же она была внимательная!

И началась наша жизнь в зоопарке. Часто приходил нас навещать Алишер — мальчик с коротким чубчиком. Постоянно приносил вкусности — хлеб, печенье, много фруктов. Особенно меня поражало, что он никогда не забывал про наши любимые бананы. На родине в Индии этого добра было много, а здесь — лакомство! Мы радовали детишек играми. У нашего домика-вольера всегда было много наро-ду. Жизнь мне казалась сказкой.

Прошло два года. У нас с Раджем должен был родиться малыш. Но что-то случилось в городе. Нам то приносили еду, то нет. Вода быстро заканчивалась. Только раз в день появлялся повзрослевший Алишер с тачкой, полной последней осенней зелени, сухим хлебом и большими баклажками воды. Он грустно и тревожно смотрел на нас. Старался улыбаться и гладил наши хоботы. Мой Радж был старше и многое понимал. Почему-то он отдавал мне всю еду и пил лишь немного воды. Я возражала, но он объяснял, что это для малыша, который скоро должен родиться. И я слушалась.

— Что же случилось, Радж? Почему так тихо? Никто не приходит в зоопарк?
— Милая Ратха, сам не могу понять, но что-то серьёзное произошло, людям стало не до встреч с животными. Я думаю, всё устроится, уладится. Не переживай, родная! Будем ждать.

— Когда ты рядом, я ничего не боюсь, мой благородный Радж! — уверяла его я. Но с каждым днём той уверенности становилось всё меньше и меньше. Скоро мы стали слышать глухие и необычные звуки. Раз в день кто-то из сотрудников зоопарка наведывался и хоть чем-то нас кормил и поил и быстро исчезал. Несколько дней не было нашего друга Алишера. Когда он появился, Радж радостно стал ходить рядом, но видно было, что силы его покидают. Алишер смотрел на нас и просил извинения. Он говорил о неспокойном времени и просил переждать этот сложный период. Мы кивали ему.

Парень стал собирать жёлтые листья, рвал последнюю траву, ломал ветки и всё бросал к нашим ногам. Он соединил шланг с водопроводным краном поблизости и стал заполнять нашу бочку.

— Не знаю, когда я смогу прийти к вам, мои любимые Радж и Ратха. Очень опасно в городе! Но вы держитесь! Я обязательно приду! — просил он нас и думал, что мы его не понимаем.

А мы всё понимали. Радж даже не притронулся к еде, заставлял меня есть. А сам пил только воду. Скоро пришло время рожать. Мой благородный Радж держался до последнего. Я родила. Он помог мне обмыть малыша водой. Я легла рядом со своим слонёнком и заснула.

Утром рядом со мной был наш друг Алишер. Он плакал.

— Что случилось? — взглядом спрашивала я друга.

— Я плачу от радости, — отвечал он. — У нас появился слонёнок, такой же красивый, как Радж! Давай назовём его, как отца? Ты согласна, Ратха?

— Конечно, друг мой! — закивала я хоботом. — Но где же мой любимый и добрый Радж-старший?

Алишер отводил взгляд. Только лишь сказал, что его перевезли в другой зоопарк. Радж якобы хотел проститься, но не успел. Потом я видела, как большой

КамАЗ увозил моего любимого. Не увидеть это было невозможно. Он сделал всё, чтобы мы со слонёнком остались живы.

И я подумала: «Зачем людям войны? От них страдают все. И люди, и животные, даже такие большие, как мы – слоны».

...Прошло много лет. Мой Радж-младший подрос. В городе воцарился мир. Друг наш Алишер выучился на ветеринара и работает теперь в зоопарке. Он не оставляет нас, каждый день навещает. Радж-младший стал похож на отца. Такой же сильный и благородный. Я мечтаю о том, чтобы и люди, и животные никогда не знали, что такое война.

Шустрая Обезьянка

В одном селе в сказочной Индии очень почитали обезьян, считали их священными животными. Со временем их стада заполонили всё селение. Основной пищей обитателей деревни были бананы. Благо их росло очень много. Но со временем еды стало не хватать не только обезьянам, но и людям. Урожаи снизились. И люди стали распределять всё поровну. Многие обезьяньи семьи оставили деревню и ушли в другие места.

В нашей семье меня все звали обезьянкой Милашкой и говорили, что я очень шустрая. Мы жили в храме и родители не хотели покидать это священное место. Мама нашла выход, как прокормить нас, своих детей. Она рано утром будила отца, чтобы он стоял на страже, а сама собирала бананы. В это время глубоким предрассветным сном спали все в деревне: и люди, и животные.

Мама набирала целую связку бананов, отдавала её отцу, а потом и сама с полной охапкой возвращалась домой.

Я была самая младшенькая в семье, меня все любили и всегда делились лакомством. А я не наедалась. Мама прятала от нас бананы, чтобы мы за один раз не съедали всё. Но я знала, куда мама прячет их, заворачивая в бумагу, чтобы никто не увидел. Я не привыкла недоедать, избаловали меня все. И стала потихоньку таскать бананы из потаённого места.

— Не пойму, куда бананы деваются? Всё меньше и меньше их становится?! — удивлялась мама. — Вроде бы никто не знает, куда я их прячу.

Я не сознавалась, молчала, хотя понимала, что поступаю как воришка.

— Милашка, ты постоянно рядом бегаешь, не ты ли их таскаешь? — спросила мама, когда в очередной раз заметила пропажу. Я смутилась, опустила глаза и ничего не ответила.

— Сейчас нам всем трудно, Милашка моя. Ведь еды стало меньше, и наши родные и друзья ушли в другие места. А мы не можем оставить священный храм. Но выдержать этот трудный период жизни надо. Думаю, всё наладится, — с надеждой успокаивала нас мама.

Братья и сёстры стали за мной приглядывать и, конечно же, заметили, как я тайком от других забирала лакомство и ела в укромном уголке, и всё рассказали маме.

Мама не стала меня ругать, она лишь недовольно посмотрела в мою сторону. Но я поняла, что меня ждёт «сюрприз».

Так и вышло. Братья и сёстры решили меня проучить. Как-то я опять нашла бананы, спрятанные мамой, и не удержалась, так мне захотелось их съесть! Но не успела я откусить, как слёзы брызнули из глаз. Вместо бананов в бумагу были завёрнуты стручки жёлтого острого перца, так похожие на бананы! Хорошо, что я хотела по-смаковать и откусила маленький кусочек. Я запрыгала, стала чихать и выплёвывать перец. Мама стояла рядом, поглаживала меня по плечу и поила водичкой.

— Ах ты, моя Милашка, шустрая моя обезьянка! Жадность — очень плохая черта характера! От неё одни лишь неприятности, — сказала мама, пожалев меня.

Да, мама, для меня это послужит хорошим уроком, — ответила я.

С этого дня я повзрослела и поняла: надо всегда делиться с близкими и родными, даже если ты самая младшая в семье.

Кукла Алёнушка

Я – кукла. Меня сделали ещё в прошлом веке, но мои хозяюшки были такие аккуратные и очень любили меня, и я всегда сохранялась ухоженная, с красивыми цвета льна косичками с красными ленточками. Меня сразу назвали Алёнушкой.

А какие у меня платья! Все мои хозяюшки своими руками шили их. Голубые глазки у меня закрываются, когда я ложусь спать.

Теперь со мной играется девочка Танечка. Бабушка Танюши подарила меня своей дочке – её маме, когда она была маленькой. Мама выросла и родила дочку, мою новую подружку.

У меня целый дом: и кроватка, и шкаф, полный красивой одежды, и комод с пижамками и бельём.

Пришли новые времена. Появилось очень много игрушек. Особенно все девочки полюбили куклу Барби. Ну как же ею не любоваться – яркая, блестящая, модная, ну прямо голливудская звезда! И целые дома в три этажа для неё. Вот всем девочкам родители стали покупать этих кукол, а те как будто решили соревноваться между собой: у кого больше, у кого лучше.

Танечке на день рождения родные и подруги тоже подарили много разных кукол Барби. Какие все они были красочные и бесподобные! Но я, Алёнушка, смотрела на них и думала: «Они все взрослые какие-то! Это не девочки с ними играют, а куколки с хозяюшками забавляются».

Мне было грустно, но я знала, что я уникальна. Все подружки Танечки завидовали ей, что нигде таких кукол, как я, они не видели. А Катя предложила:

— Танечка, я тебе отдам десять разных Барби со всеми платьицами и домиками. А ты отдай мне Алёнушку.

Танечка задумалась. Потом вдруг спросила:

— Ты за мою Алёнушку отдаёшь десять Барби? И тебе не жалко?

— А тебе не надоело столько лет играть с одной куклой? — вопросом на вопрос ответила Катя. Я ждала, что же скажет Танечка.

— С моей Алёнушкой и бабушка играла, и мама. Она никому не надоела. Но я подумаю. Приходи завтра, и я приму решение, — ответила моя хозяюшка.

Я очень расстроилась. Боялась, что Танечка отдаст меня Кате. А я так привыкла к своему дому…

Когда Танечка наигралась со своими куклами Барби, она взяла в руки меня. Посмотрела на лицо и улыбнулась. Потом переодела в пижамку и положила в кроватку. Но я не закрывала глазки. Она помогала мне сомкнуть веки, но я упорно не закрывала их. Наверное, она поняла, что мне было сегодня очень скучно и тоскливо. Тогда Танечка сказала:

— Милая Алёнушка, ты что обиделась? Я тебя очень люблю и никому не отдам! «Старый друг — лучше новых двух», — говорит моя бабушка. Барби у меня уже десять штук и Катенька ещё десять за тебя предлагает. Их много, а ты у меня одна!

Я сразу закрыла глазки. И Танечка меня поцеловала. Если бы я могла с ней гово-рить, поблагодарить её. Моя Танечка, как же ты меня успокоила!

Утром ни свет ни заря пришла Катя. Я не очень радовалась ей. Она так просила

Танечку хотя бы на один день дать поиграться со мной. Танечка пожалела подругу, но сказала:

— Я очень люблю свою Алёнушку и не могу с ней расстаться даже на один день. Давай вместе поиграем здесь в моей комнате.

Катя отложила свои многочисленные куклы в сторонку и стала играть со мной.

Когда она брала меня в руки, я просто не открывала глазки. А у Танечки на руках я весело моргала. Хозяюшка поняла меня и шепнула:

— Алёнушка, так нельзя! Катя пришла, чтобы только поиграть с тобой. Она тебя не заберёт.

Я послушалась Танечку. Долго подружки играли со мной.

Кате надо было воз-вращаться домой. Она вздохнула и сказала:

— Таня, хорошая у тебя кукла Алёнушка. Любит тебя и не хочет менять тебя ни на кого. Я поняла это, когда она закрывала при мне глазки и не захотела открывать.

Я радовалась, что осталась с Танюшей. Мы играли со всеми подружками Барби. Я с ними подружилась, но путала их — все на одно лицо!

Как хорошо, когда у тебя есть надёжный и верный друг! Он никогда тебя не оставит.

Добрый Волчонок

Жил-был Волк – вожак волчьей стаи. Был он сильным, беспощадным и кровожадным. Его не только другие звери боялись, но и свои собратья, и даже в семье. Все терпели и тихо говорили: «Зато сыты и невредимы». Выполняли приказы вожака беспрекословно. Он держал в страхе весь лес и близлежащие деревни.

По рассказам мамы моего отца расстраивало, что у него не было сына. И вот родился я, долгожданный и любимый. Мама и сёстры холили меня и лелеяли. А отец ходил важный и гордый, ведь у него теперь рос будущий вожак. Он так и назвал меня – Вожак!

Мои сёстры-волчицы и любящая мама нежно относились ко мне. И я становился добрым, мягким и отзывчивым. Все звери и птицы меня любили и ждали, когда же я стану вожаком. Но это не оправдывало надежд отца. Я же не мог вырасти жестоким и беспощадным по его примеру. Отец решил сам заняться моим воспитанием. Он научил меня очень быстро бегать, искусно обходить препятствия, не бояться ничего. Я стал очень сильным. Но доброе отношение к другим я поменять не смог. Отец повторял мне:

– Сынок, ты у меня единственный! Только тебе я смогу доверить в будущем стаю. Но для этого ты должен быть кровожадным.

— Отец, а разве вожаку не положено быть добрым и справедливым? — удивлённо возражал я.

Отец очень злился, когда я так говорил. Он приходил в отчаяние и заставлял меня выполнять специальные задания. Велел, к примеру, поймать и принести зайца. А я его «нечаянно» выпускал из лап. И тот радостно убегал в лес. А то настраивал меня жестоко биться с другим волком. Я выигрывал бой, но собрату давал возможность скрыться.

Как-то раз мой отец сказал:

— Ты сегодня будешь стоять на посту у тропинки, ведущей на опушку леса. С тобой будет Жираф. Он будет служить тебе как шлагбаум.

А шлагбаум, ребятки, это подъёмная перекладина для открытия и закрытия пути.

Я подумал, что это жестоко.

— Всех, кто подойдёт к тропинке, ты будешь останавливать и просить выкуп для прохода, понял! — строго сказал отец.

— Но Жирафу будет больно постоянно наклоняться, — в ужасе ответил я.

— Если к вечеру не соберёшь большой выкуп, то Жираф будет работать шлагбаумом и завтра! — рыкнул отец.

Я промолчал. Мы договорились с Жирафом, что будем объяснять всем друзьям, почему стоим на посту. А звери пусть сами решают, какой выкуп нести. Все друзья нам помогли. Жираф ни разу не наклонился перед ними, но подарков была целая куча! Зайчики принесли морковь, белочки — орешки, жирафы набрали кокосов. Обезьянки — бананы, медведи — лесной мёд. Но когда приходил мой отец Волк, Жираф наклонял голову и ждал выкупа.

— Почему ты, Жираф, закрываешь мне путь?! — рычал Волк.

— Мне такое задание дано! Я — шлагбаум! Никого не вижу. Для меня сегодня все равны! Закон есть закон.

— А если я тебя съем? — ревел Волк.

— Отец, не кричи, пожалуйста, он ничего не понимает. Он сегодня шлагбаум, — ответил я за Жирафа. — И он прав, все без исключения должны что-то отдать, чтобы пройти. Посмотри, сколько выкупа мы уже собрали!

— Я никому ничего не должен! А то, что собрали — это только десерт! Я вам сейчас ягнёнка принесу, — сказал отец.

Нет, нет, нет! — закричали все мои друзья.

Жираф разогнулся и пропустил вожака стаи.

Отец мой как-то сразу постарел. Он ходил грустный. Все волки хотели занять его место. Мне было жалко отца, но я не хотел быть злым и жестоким, как он.

Через месяц он всё же объявил стае, что отныне вожаком буду я, и все должны беспрекословно мне подчиняться.

— Отныне не будет стаи, — сказал я. — Каждый станет вожаком только в своей семье. Это моё первое повеление! — приказал я.

Мой отец не выдержал такого поворота событий и понуро поплёлся в лес. А все волки ушли к своим семьям. В лесу стало спокойно, его обитатели перестали бояться волков и даже приходили ко мне за советом. Всё-таки добрым быть лучше, чем держать всех в страхе.

Голубок

Был я просто птицей-голубком, а стал голубем мира. Так называет меня мой ангел-хранитель, любимая подруга Иренушка.

История моей жизни закончилась бы давно и трагично, если бы не она. Как-то ранним утром летал я над морем у самого берега и вдруг почуял заманчивый вкусный запах. Люди кушали и оставляли что-то на берегу, наверное, для подкорма своих друзей меньших.

Я спустился на землю и начал клевать крошки. И так был занят своим делом, что не успел оглянуться. С рёвом на большой скорости на меня налетел мотоцикл и отбросил в сторону.

Очнулся я и понял, что не смогу не только улететь, но и сдвинуться с места. Местные кошки и вороны были рядом, но я стал отмахиваться от них одним крылом. Знал, что это мне уже не поможет, но защищался из последних сил!

Вдруг кто-то стал разгонять всех охотников вокруг меня и взял в свои нежные белые руки. Я подумал, что это мой голубиный Бог и закрыл глаза.

Очнулся я в непонятном месте. Осмотрелся, везде белым-бело. На меня приветливо смотрели два человека – мужчина в белом и моя спасительница.

Оказывается, мне сделали операцию и в сломанное крыло вставили штырь. Мужчина-доктор говорил, что крыло заживёт, но летать я не буду.

Я заплакал. Так может плакать только парящий в небе голубь. Вспоминал, как все смотрели и восхищались моим богатым белоснежным опереньем и хохолком.

Я не боялся людей, садился им на плечи и они кормили меня с рук, а дети гладили по голове. Я видел, как они радовались. А теперь? Куда я денусь и что будет со мной?

Мой ангел-хранитель, девушка со светлыми, ниспадающими волнами до пояса волосами принесла меня к себе домой. Три дня она кормила меня, слабого и лежачего, и поила из пипеточки. Я запомнил название этого приспособления, потому что она иногда умоляла меня: «Ну давай, мой голубь мира, ещё одну капельку, ещё одну пипеточку! Тебе нужны силы, ты должен жить!»

Через три дня я встал на лапки. Ходил, осматривался по сторонам. Мне, привыкшему к небу и свободе, тесно казалось в четырёх стенах. Одно крыло у меня было тяжелее. Но когда доктор – тот человек в белом – убрал штырь из моего крыла, махать им было невозможно. Так я стал членом семьи моей благодетельницы. Она познакомила меня со всеми обитателями своего прекрасного дома. Рядом с ней всегда был хороший и добрый парень Сеня, который помогал ей во всём и нежно ворковал со мной.

Я удивился, что в доме дружно проживают кошка и собака: вместе едят, спят, гуляют. На улице ничейная кошка меня давно бы уже съела. А в доме как будто все понимали моё состояние, только играли и смотрели с восхищением так же, как моя любимая хозяюшка. Большой аквариум с красивыми рыбками больше всего привлекал моё внимание. Кошка и с ними дружила. Каждый день она запрыгивала на полку, где стоял аквариум, и тихо мурлыкала, а рыбки красиво проплывали рядом, как будто танцевали.

Я окреп, и моя спасительница нашла мне работу — научила позировать то на её плече, то на руке, то на подоконнике. Мой белый хохолок, красный клюв, большие глаза и горделивая поза придавали мне вид уверенного голубя. Как будто я парил высоко в небе и присел лишь на минутку на подоконник. Моя Иренушка много фотографировала. Я смотрел на свои снимки и радовался вместе с ней. Одну фотографию она даже повесила на стену. А в компьютере она показывала мне разные фото и повторяла, что я теперь голубь мира. Так и внушила мне, что я, раненный и уверенный, парю над миром и призываю людей к добру.

Ведь наш мир серьёзно болен и люди, как моя любимая хозяюшка, должны многое сделать, чтобы спасти нашу израненную войнами и болезнями землю.

Сказка – ложь, да в ней намёк и детишкам всем урок

Отзывы на книгу «Сказки бабушки Гульсифат»

Руслан Амиршоев, 12 лет, г. Душанбе

Дорогая тётя Гульсифат!

Совсем недавно моя мама показала мне сайт и сказала, что здесь я могу прочитать ваши сказки. Я сначала не совсем понял, почему там могут быть сказки, но мама сидела рядом и просила меня читать вслух. Если честно, я в последнее время не хочу читать книжки, потому что привык всё читать в Интернете. Мама ругается, но ведь сейчас XXI век и уже всё можно найти и прочитать в Интернете.

Я начал читать сказку «Дадыш» про семью львят. Мне она понравилась. Я вообще очень люблю животных, у меня живёт кот Кузя и он тоже похож на тигрёнка. И когда я читал вашу сказку, я стал представлять всё в своём воображении, как будто в моей голове просматривается мультфильм. И как будто этот мультфильм я уже видел.

Потом я прочитал ещё сказки «Слонушка», «Глупенький Барашек», «Шустрая Обезьянка», и все они были для меня как мультики. Мне даже хотелось продолжения сеанса! Эти сказки все такие добрые, я бы предложил их почитать нашим соседским пацанам, которые иногда мучают кошек и собак во дворе. После прочтения ваших сказок они бы пожалели животных и стали их любить. Потому что вы написали их так по-доброму, иногда мне даже хотелось плакать.

Тётя Гульсифат, спасибо вам за такие интересные сказки, я хочу попросить вас написать ещё сказки про собак, потому что это мои самые любимые животные и я сам родился в год Собаки. А ещё мы приглашаем вас в гости в Душанбе! Приезжайте быстрее!

Zarema Sokokova, г. Москва

Добрая сказка, написанная от лица куклы Алёнушки. Из поколения в поколение, из бабушкиных рук в мамины руки переходила она. И вот теперь внучка Танюша играет. Девочки играют в дочки-матери, шьют наряды. А мне вспомнилась моя немецкая кукла, звали её Наташа (это имя мне нравилось). Мама мне купила куклу в старших классах. До 8-го класса я играла. У неё были красивые блестящие белые волосы. Я любила ей делать причёски, шила и вязала крючком наряды. Моя Наташа была ростом с младенца, в красивом красном трикотажном платье. Взрослела я, но кукла оставалась со мной. Время от времени я её купала, надевала чистое платье, и белоснежные волосы Наташи всё так же отсвечивали глянцем. И уже я рассказывала своей дочери Айдай о любимой кукле. Но моя Айдай любила играть с Симбой и Пандой. И долго ещё засыпала с любимой Пандой. Она до сих пор у нас. Спасибо за сказку, за память!

Назокат Холова, г. Москва

Все Ваши сказки, дорогая Гульсифат, пробуждают в людях добрые чувства. И сказка «Кукла Алёнушка» также оставляет после прочтения лёгкую добрую грусть по давно ушедшем детстве. Я думаю, что все Ваши читательницы вспомнили свою первую любимую куклу. Я не исключение. Моя первая любимая кукла была Марта. Спасибо за прият-ные воспоминания! И Тане — моей дочке понравилась эта сказка!

Таня Ульянова, 13 лет, г. Москва

Очень хорошая сказка «ДАДЫШ»! Малыш Дадыш очень смелый и добрый лев. Он будет хорошим и справедливым правителем прайда!

Сказка «Голубок» – это первая из Ваших замечательных сказок, которую я прочитала. Она моя любимая сказка, так как очень добрая и трогательная. Эта сказка учит тому, что нужно помогать животным, даже если это обычный голубь.

Я очень люблю голубей. У нас есть такая традиция, когда мы идём куда-нибудь гулять, то специально для голубей берём пшено и хлебушек, чтобы их кормить. Я придумываю для них разные имена, например, беленький голубь – это Снежок или Снежана, рыженьких я называю Василий и Аркадий, а крупный чёрный, очень нахальный голубь – это Уголёк! И что самое интересное, у каждого голубя свой характер, но всё-таки все они добрые.

Я думаю, что сказка «Шустрая Обезьянка» послужит уроком для многих детишек. Я в семье младшая, но я совсем не похожа на эту обезьянку, потому что я всегда спрашиваю у мамы разрешение что-нибудь взять. Жадным быть плохо!

Наталия Мельникова, журналист, г. Тула

Автор очень серьёзен и в жизни, и в творчестве. «Я подумал, что это мой голубиный Бог и закрыл глаза», – хорошо сказано! Тронуло. Во голубь, тварь Божия, а как на Господа уповает!.. Пора брать пример.

Татьяна Морозова , читательница О сказке «Голубок» Гульсифат Шахиди

Какая красивая и трогательная сказка, похожая на быль. Читаю и хочется плакать... Сразу выплывает множество образов... Спасибо вам обеим! Будьте здоровы!

Саша Азарченко, 10 лет, г. Гатчина

Чудесная сказка! Я читала «Голубок» вслух бабушке Вере и она плакала. Тётя Гуля, это Вы голубь мира! Спасибо!

Сказка «Шустрая Обезьянка» очень интересная! Я в обезьянке узнала себя, ну правда чуть-чуть. А сказка даже очень поучительная. У нас собака на даче со стола еду таскала, и мы стол посыпали острым перцем. Она потом долго к столу не подходила.

Сказка «Оперный Кот» очень смешная, и теперь ещё одна из моих любимых. Теперь официально!!! БельКотто – настоящий артист, не знаю почему он не понравился директору?!

Сказка «Слонушка» грустная, а слона Раджа жалко. Он умер от голода, зато спас жену и сына.

Спасибо, тётя Гуля, за сказку «Глупый Барашек». А для меня Барашек вовсе не глупый, а маленький просто! Откуда же ему знать, кто такой жираф?

Мне больше всего понравилась сказка «Красный Пятачок». Она смешная в том моменте, где Красный Пятачок разозлился, у него нос нагрелся и он обжёг Волка. А тот с перепугу, ничего не понимая, всё бросил и убежал. Я даже рассмеялась и порадовалась за Пятачка. Поросёнок такой сообразительный, что догадался заставить своих братьев намазать пятачки свёклой, и Волк запутался, за кем бегать. И главное, Волк стал вегетарианцем!

Дима Грибанов, 11 лет, г. Суворов Тульской области

Мне очень понравилась сказка «Оперный Кот». Кот Захарий очень добрый и хороший. А в театре у него своя работа, тоже важная и нужная.

Саша Анистаров, 9 лет, г. Феодосия

Сказка «Кукла Алёнушка» необычная и красивая. Но больше всего мне понравилось, что кукла была живая. А живая она потому, что из рук в руки передавалась от бабушки к Танечке. Ей передалось тепло рук, а значит появилась и душа в отличие от новых Барби. Мне кажется, каждой девочке хотелось бы иметь такую куклу.

Татьяна Морозова, ХМАО

Спасибо, Гульсифат! Какой чудный рассказ «Кукла Алёнушка»! Я сразу вспомнила своё детство, какие у меня были любимые куклы! Как я их любила, шила им платья. Мои куклы жили семьёй: мама, папа и маленькие детки. У них была красивая мебель. Летом они жили у меня на топчане во дворе, а зимой под кроватью в комнате. Приятные воспоминания...